Der Musikmeister von Babylon

Edgar Pangborn

Writat

Diese Ausgabe erschien im Jahr 2024

ISBN: **9789359942865**

Herausgegeben von
Writat
E-Mail: info@writat.com

DER MUSIKALISCHE MEISTER VON BABYLON

Von EDGAR PANGBORN

Gibt es einen passenderen Ort für den letzten Menschen auf Erden als ein Museum? Wenn er doch nur vermeiden könnte, selbst zum Ausstellungsstück zu werden!

Fünfundzwanzig Jahre lang kam niemand. Im sechsundsiebzigsten Jahr seines Lebens versuchte Brian Van Anda immer noch, sich nicht an eine glückliche Kindheit zu erinnern. Das war irrelevant und gefährlich, obwohl ihn jeder Instinkt seines Alters dazu verleitete, die Gegenwart abzulehnen und in den verlorenen Zeiten zu schwelgen.

Er würde sich hartnäckig daran erinnern, dass wir uns beispielsweise im Jahr 2096 befanden und im Jahr 2020 geboren worden war, sieben Jahre nach dem Ende des Bürgerkriegs, fünfzig Jahre vor dem Endkrieg und fünfundzwanzig Jahre vor dem Aufbruch des Ersten Interstellaren. (Das Erste Interstellare war nie zurückgekehrt, ebenso wenig wie das Zweite Interstellare. Vielleicht irrten sie noch immer umher, Kleinigkeiten aus menschengemachtem Sternenstaub.) Er würde sich an seinen Geburtsort erinnern, New Boston, die schöne Planstadt weit im Landesinneren der alten Metropole, die der steigende Meeresspiegel nach dem Erdbeben von 1994 zurückerobert hatte.

Solche Dinge, Orte und Daten, waren faktische Hilfsmittel, die Brian nützlich waren, wenn er der Unbestimmtheit seiner unmittelbaren Existenz eine äußere Ordnung auferlegen wollte. Er versuchte, dafür zu sorgen, dass sie nicht mehr wurden – er schloss die Farben, die ergreifenden Geräusche, die Parks und Spielplätze von New Boston, die bekannten Gesichter (viele davon geliebt) und die späteren Jahre aus, als er kurzzeitig einen seltsamen Rausch namens Ruhm gekannt hatte.

Es war nicht unbedingt besser oder klüger, diese Erinnerungen zu verdrängen, aber es war sicherer, und heutzutage war Brian oft müde genug, sich seiner wachsenden Schwäche und einsamen Bedeutungslosigkeit ausreichend bewusst, um sich nach Sicherheit zu sehnen, wie sich eine Feldmaus oft nach einem Bau sehnt.

Er band sein Kanu an das riesige Fenster, das viele Jahre lang als Hafen und Eingang gedient hatte. Während er dort mit einem angehaltenen Zeitgefühl herumlungerte, war er sich kaum bewusst, dass er lauschte. In gewisser Weise waren all die fünfundzwanzig Jahre ein Lauschen gewesen. Er beobachtete, wie der geduldige Stern der Erde zum Waldrand auf den Palisades sank. Zu dieser Stunde war es manchmal möglich, wenn das sonnenrote Wasser still lag, nicht mehr so sehr über die größere Stille zu trauern.

Er wusste, dass es anderswo vereinzeltes menschliches Leben gab – wahrscheinlich sogar eine ganze Menge. Nach fünfundzwanzig Jahren Einsamkeit schien auch das oft beinahe irrelevant. Außer an milden Abenden, stillen Mittagen oder Morgen ohne menschliches Aufsehen konnte Brian in Wut verfallen, die Ruhe mit Geschrei bekämpfen und sich über das rasche Verlöschen seiner Echos ärgern. Solche Stimmungen währten nur kurz. Eine Art Humor blieb in ihm, der sich durch Kummer nicht verderben ließ.

Er erinnerte sich, wie er vor zehn Monaten oder vielleicht auch zehn Jahren auf einer Waldlichtung einer Dosenschildkröte begegnet war und sie angeschrien hatte: „ *Sie sind weg !* “ Das starre, komische Gesicht der Schildkröte, das von Natur aus zu einer Karikatur erschrockener Missbilligung erstarrt war, schien irgendeine Wahrheit zu enthalten. Brian hatte sich auf das Moos gehockt und laut gelacht – bis er bemerkte, dass ein Teil des Lachens weinerlich war.

Heute war es ziemlich gut gewesen. Er hatte auf den Palisades ein Reh erlegt, und zwar mit Pfeil und Bogen, und so eine Kugel gespart. Nicht, dass er so sparsam sein musste. Er nahm an, dass er höchstens noch ein weiteres Jahrzehnt oder so überleben würde. Seine Gewehre waren in gutem Zustand und seine gehortete Munition würde ihn leicht überleben. Das Gleiche galt für den Vorrat an Konserven und Trockennahrung, den er in seinem Wohnquartier versteckt hatte. Aber primitive Anstrengungen bereiteten ihm Befriedigung und er verspürte keinen Zwang, das Warum dahinter zu analysieren.

Die gelagerten Lebensmittel waren wichtiger als die Munition. Schon bald würde die Zeit kommen, in der er nicht mehr die Kraft zum Jagen hatte. Er würde die Lust verlieren, Ausflüge zu unternehmen, um den Fluss zu überqueren. Er würde dieser Faulheit oder Ängstlichkeit tagelang, dann wochenlang nachgeben. Irgendwann, wenn es Monate oder Jahre waren, würde er sich vielleicht zu schwach fühlen, um es zu wagen, die Felswand in den Wald zu klettern. Dann, so hoffte er, würde er den gesunden Menschenverstand haben, das Kanu zu zerstören und so seine Schwäche zur Notwendigkeit zu machen.

Es gab Bücher. Es gab die Musikhalle im nächsten Stockwerk über dem Wasser, wahrscheinlich sicher vor dessen abnehmendem Vordringen. Um frisches Wasser zu bekommen, musste er nur die Gezeiten im Auge behalten, denn der Hudson hatte sich gereinigt und strömte nun sanft von den einsamen, unverdorbenen Hügeln herab. Sein Niedergang konnte angenehm sein. Er hatte dafür vorgesorgt und es geplant. Doch als er jetzt über das schläfrige Wasser blickte und einen breitflügeligen Falken in Freiheit über dem Wald kreisen sah, wurde Brian sich des alten Gedankens bewusst, der sich in ihm regte:

„Wenn ich Stimmen hören könnte – nur einmal, wenn ich menschliche Stimmen hören könnte …"

Das Museum für Menschheitsgeschichte mit der Musikhalle in dem, was Brian für den zweiten Stock hielt, sollte seinen Bedarf ebenfalls überdauern. Im überfluteten Untergeschoss und im Keller musste die langsame Zerstörungsarbeit noch im Gange sein. Hier und da konnte das gemächliche Wasser seinen Weg zum Stahl finden und ihn rosten lassen, denn die Imprägnierung des Betons war fast hundert Jahre alt. Aber sie sollte noch ein oder zwei Jahrhunderte halten.

Heutzutage war das Meer mild. Es gab gemäßigte Gezeiten und keine zerstörerischen Winde mehr. In den letzten sechs Jahren hatte es keine schweren Stürme mehr aus dem Süden gegeben. Im selben Zeitraum hatte Brian einen Anstieg des Wasserspiegels um lediglich neun Zoll festgestellt. Das Fensterbrett, sein Backbord, stand jetzt sechs Zoll über der Hochwassermarke.

Vielleicht herrschte auf der Erde gerade eine neue, angenehmere Stimmung. Das Klima war angenehm geworden, ungefähr so, wie Brian es von einem Besuch in Süd-Virginia in seiner Kindheit in Erinnerung hatte.

Das letzte Erdbeben hatte sich im Jahr 2082 ereignet – ein großes, vermutete Brian, aber sein Zentrum konnte nicht in der Nähe des Felsens von Manhattan gelegen haben. Das Museum hatte nur gezittert und die Achseln gezuckt; es hatte seit 1994 ein halbes Dutzend Mal viel Schlimmeres überstanden. Nach dem Beben war eine hohe Welle von Süden her hereingedonnert. Ihre Kraft war, wie die anderer, größtenteils an der Barriere aus Felsgestein und Stahl am südlichen Ende der untergetauchten Insel abgeschwächt worden – einem Unterwasserdamm, von Menschenhand geschaffen, aber nicht beabsichtigt –, und als sie das Museum erreichte, zerschmetterte sie lediglich die südlichen Fenster der Hall of Music, die frühere Wellen nicht erreichen konnten. Dann zog sie geschwächt den Fluss hinauf. Die Fenster des unteren Stockwerks waren alle schon lange vorher zerbrochen.

Nach dem Erdbeben von 1982 hatte Brian einen Monat damit verbracht, alle Öffnungen an der Südseite der Hall of Music – immerhin war es sein Zuhause – mit mühsam aus Ruinen vom Festland herbeigeschafftem Holz zu verschließen. In diesem Jahr war er 62 Jahre alt gewesen und bewegte sich nicht mehr so leicht wie ein Jugendlicher: eine harte Arbeit. Er hatte absichtlich Risse und Astlöcher gelassen. Das Sonnenlicht fiel in schmalen Strahlen hindurch, wie die staubigen Goldbarren, an die Brian sich auf einem Heuboden auf der Farm seines Onkels in Vermont erinnern konnte. Es war ziemlich angenehm.

Das Museum war 2003 erbaut worden. Seltsamerweise war Manhattan nie bombardiert worden, obwohl im Bürgerkrieg zwei sogenannte „Small Fission"-Bomben auf der Brooklyn- und der Jersey-Seite eingeschlagen waren. Brian erinnerte sich also an die lustigen Geschichtsbücher, die ihm in seiner Jugend beigebracht hatten, dass der Krieg definitiv der Vergangenheit angehörte.

Als der letzte Krieg im Jahr 2070 ausbrach, hatte das Meer, das sich an den schmelzenden Eiskappen vollgestopft hatte, Manhattan Island aus der Geschichte getilgt. Alles, was südlich des Museums noch über den Wassern stand, war von den Tornados von 2057 und 2064 dem Erdboden gleichgemacht worden. Ein paar Felsbrocken wiesen noch darauf hin, wo einst Central Park und Mount Morris Park gewesen waren, aber sie waren nicht von Bedeutung. Wo sich einst Long Island erhob, gab es ein unruhiges Gebiet mit Untiefen und winzigen Inseln, wahrscheinlich eine nützliche Schutzbarriere für die zurückweichende Küste von Connecticut.

Die Menschen hatten die große Stadt Stück für Stück und dann Fuß für Fuß aufgegeben; im Jahr 2047 eine ganze Meile. Dabei sagten sie: „Die Hochwasserjahre haben ihren Höhepunkt überschritten und es wird mit einer Rückkehr zur Normalität gerechnet."

Brian empfand manchmal einen Anflug von Mitleid mit den Neandertalexperten, die sich gegenseitig gesagt haben mussten, dass sie mit einer Rückkehr zur Normalität rechnen müssten, sobald das Eindringen der Cro-Magnons aufhörte.

Im Jahr 2057 musste die Insel Manhattan vollständig aufgegeben werden. New York City, halb neu, halb alt, erstreckte sich stur und gewaltig flussaufwärts, zu beiden Seiten eines Flusses, dessen Wut noch nicht vorbei war. Aber das Museum stand. Unterstützt von gesunkenen Trümmern anderer seiner Art, unterstützt auch von Menschen, weil sie noch Zeit hatten, es zu lieben, stand das Museum und könnte es noch lange Zeit halten – wenn das Wetter es zulässt.

Es erstreckte sich über einen Hektar Land weit nördlich der 125. Straße und war bescheidene fünfzehn Stockwerke hoch. Sein Fundament war sicher in jener Felsschicht verankert, die die Ewigkeit vortäuscht. Es verdiente seinen Namen: Die Menschen hatten Proben von allem hierhergebracht, buchstäblich von allem, was der Menschheit seit der Urzeit bekannt war. Es war, innerhalb menschlicher Grenzen, endgültig. In Anbetracht dessen, wie viel die Erosion der Zeit den Gelehrten immer rauben muss, war es auf seine Art perfekt.

Niemand hatte es als unnatürlich empfunden, dass die Museumsdirektoren sich weigerten, die Sammlung zu verlegen, nachdem das Museum den Sturm von 2057 überstanden hatte. Stattdessen spendeten mehr als tausend einfache Leute Geld, damit ein mächtiges Widerlager um das Erdgeschoss gebaut werden konnte, und ein neuer Eingang wurde an der Nordseite des zweiten Stocks angelegt. Das Widerlager überstand den größeren Tornado von 2064 ohne Schäden, obwohl der Meeresspiegel in diesen sieben Jahren in seinem alten, immer neuen Spiel, die Weisen zum Narren zu halten, um weitere acht Fuß angestiegen war.

Nur Brian Van Anda konnte im Jahr 2079 beobachten, wie das Wasser ruhig über den Anlegesteg floss und die tieferen Regionen für Fische und die heimlicheren Wasserbewohner freigab, die Schutz und Privatsphäre lieben. In den 90er Jahren vermutete Brian die Anwesenheit eines oder zweier Kraken in dem riesigen, undeutlichen Gebiet, das einst ein Parkplatz, ein Heizwerk, ein Lagerraum, ein Luftschutzbunker usw. gewesen war. Er konnte es nicht beweisen; es schien einfach ein angenehmer Ort für einen Kraken zu sein.

Im Jahr 2070 wurden Pläne für den Bau eines neuen Damms zum Museum von der noch immer wachsenden Stadt im Norden aus in Erwägung gezogen. Im Jahr 2070 begann und endete auch der letzte Krieg.

Als Brian Van Anda Ende 2071 als Flüchtling vor einer gewissen ihm unbekannten Form von Wildheit den Fluss hinunterkam, war das Museum menschenleer. Er hatte viele Tage damit verbracht, das Gebäude eingehend zu erkunden. Er tat dies systematisch und mühte sich schließlich bis zum Besprechungsraum der Direktoren im obersten Stockwerk. Dort bemerkte er, dass sie genau zu der Zeit eine Konferenz abgehalten haben mussten, als über New York im Norden ein neues Gas getestet wurde, in einem letzten Versuch, die Westliche Föderation davon zu überzeugen, dass der Mensch der Diener des Staates ist und dass der Zweck die Mittel heiligt.

Schade, dachte Brian manchmal, dass er nie genau erfahren würde, was mit dem asiatischen Imperium passiert war. In dem kleinen, von

Fallschirmjägern besetzten Gebiet namens Sowjet Nordamerika, aus dem Brian 1971 geflohen war, war die offizielle Doktrin, dass das asiatische Imperium den Krieg gewonnen hatte und dass die Retter der Menschheit jeden Tag einfliegen würden, um die Macht zu übernehmen. Brian hatte dies lautstark bezweifelt, dann ein Boot gestohlen und war nachts sicher entkommen.

Oben im Besprechungsraum hatte Brian gesehen, dass das neue Nervengift keine Rücksicht auf die Person nahm. Allerdings war es ein leichter Tod – ohne Schmerzen. Er hatte auch beobachtet, dass manche Dinge überlebten. Das Museum zum Beispiel war praktisch unversehrt geblieben.

Brian hatte sich an diese Monate im Besprechungsraum oft als eine Art Insel in der Zeit erinnert, wie an die erste Stunde, als er entdeckte, dass er Beethoven spielen konnte; oder an die seltsam geschätzte, mehr als überlebensgroße halbe Stunde damals in Newburg im Jahr 2071, als er einen unglaublich alten Mann kurz getroffen und mit ihm gesprochen hatte, Abraham Brown, Präsident der Westlichen Föderation zur Zeit des Bürgerkriegs. Brown, der eine geliebte Welt um sich herum hatte, die fast völlig zerstört war, hatte nett über kleine Dinge gesprochen – über Chrysanthemen, die bald im Vorgarten des Hauses blühen würden, in dem er mit Freunden lebte, über ein Klavierkonzert von Van Anda in Ithaca im Jahr 2067, an das sich der alte Mann mit warmer Begeisterung erinnerte.

Ja, die Museumsdirektoren waren sanft gestorben, und jetzt würden die alten, unschuldigen Körper ganz anständig sein. Es gab kein Ungeziefer im Museum. Die Türen und Böden waren dicht, die oberen Fenster intakt.

Einer der weißhaarigen Männer hatte eine Ming-Vase auf seinem Schreibtisch stehen. Er war nicht von seinem Stuhl gefallen, sondern sah aus, als sei er mit dem Kopf auf den Armen vor der Vase eingeschlafen. Brian hatte die Vase unberührt gelassen, aber noch etwas anderes mitgenommen, bewegt von einer Andeutung seiner eigenen Philosophie der Ungewissheit und in dem Wissen, dass er nie wieder in diesen Raum zurückkehren würde.

Ein anderer Direktor hatte gerade einen Wandschrank geöffnet, als er hinfiel; der kleine Schlüssel lag neben seinen Fingern. Offenbar hatte sich ihr Gespräch nicht nur um den Krieg gedreht, vielleicht überhaupt nicht um den Krieg – schließlich gab es auch andere Themen. Die Ming-Vase hätte dabei eine Rolle gespielt. Brian wünschte, er wüsste, was der alte Mann aus dem Schrank auswählen wollte. Manchmal, sogar jetzt noch, träumte er von Gesprächen mit diesem Mann, in denen der Direktor ihm die ganze Wahrheit über dieses und andere Dinge sagte; aber was im Schlaf Gewissheit war, war am Morgen verschwunden wie die Kindheit.

Brian hatte für sich selbst ein kleines Bild aus steinhartem Ton gemacht, geschwärzt, mit zwei Gesichtern, männlich und weiblich. Prähistorisch oder jedenfalls völlig primitiv, schlicht, bedeutungsvoll wie die tadellose Bewegung eines Tieres im Sonnenlicht, hatte Brian gesagt: „Mit Ihrer Erlaubnis, meine Herren." Er hatte den Schrank geschlossen und dann leise die Außentür.

„Ich bin alt", sagte Brian zu dem roten Abend. „Alt, ein bisschen albern, rede laut mit mir selbst. Ich werde vor dem Abendessen etwas Mozart essen."

Er lud das frische Wildbret aus dem Kanu auf ein kleines Floß, das vor dem Fenster befestigt war. Er hatte nur erlesene Stücke ausgewählt, so viel, wie er in den wenigen Tagen kochen und essen konnte, bevor es verdarb, und den Rest den Wölfen oder anderen Aasfressern überlassen, die es vielleicht brauchten. Vom Fenster führte ein Seil zu den Marmorstufen, die ins nächste Stockwerk führten – nach Hause.

Aus dem versunkenen Gebiet konnte nicht viel gerettet werden, denn der Schatz bestand hauptsächlich aus schweren Statuen. Durch das stille Wasser blickte Michelangelos Moses ruhig zu ihm auf, während er das Floß am Seil entlang zog. Andere Gesichter beobachteten ihn. Die meisten von ihnen blickten in die Unendlichkeit. Da waren weiße Hände, die sich gelegentlich sanft von den Wellen des Floßes bewegten.

„Ich habe ein Reh erlegt, Moses“, sagte Brian Van Anda und lächelte kameradschaftlich herab, wobei er jedes Zeitgefühl verlor. Er trug seine saftige Last die Treppe hinauf.

Sein Wohnbereich war einst eine Garderobe für Museumspersonal gewesen. Vier dichte Wände vermittelten ein Gefühl von Sicherheit. Ein Lüftungsschacht diente jetzt als Kamin für den Holzofen, den Brian aus einem Bauernhaus auf dem Festland geborgen hatte. Die Tür ließ sich fest verschließen; es gab keine Fenster. In einer Höhle will man keine Fenster.

Draußen befand sich die Musikhalle, eine ganze Etage des Museums, in der jedes bekannte oder im 21. Jahrhundert rekonstruierbare Musikinstrument ausgestellt war. In der Bibliothek mit Partituren und Aufnahmen fehlte es an nichts – außer an Strom, um die Aufnahmen abzuspielen. Einige ließen sich noch mit einem Phonographen mit Federaufzug zum Klingen bringen, aber Brian hatte sich jahrelang nicht darum gekümmert; die Federn waren verrostet.

Manchmal holte er die Orchester- und Kammermusikpartituren hervor, um sie nach Lust und Laune zu lesen. Früher war sein Gedächtnis in der Lage gewesen, sich Ensembles, Orchester und Chöre vorzustellen, doch in letzter Zeit hatte diese Fähigkeit nachgelassen. Er erinnerte sich an einen Tag, vielleicht vor einem Jahr, als sein Gedächtnis sich weigerte, ihm den Klang von Oboe und Klarinette im Einklang zu geben. Er war mürrisch, bekümmert und grundlos beunruhigt zwischen den Regalen und Kisten mit Holzblasinstrumenten in der Sammlung umhergeirrt, wissend, dass er sie nicht spielen konnte, selbst wenn die Rohrblätter noch gut waren. Außer dem Klavier hatte er nie ein anderes Instrument gemeistert.

„Aber selbst wenn ich sie spielen könnte", murmelte er, jetzt nachsichtig belustigt, „könnte ich es nicht im Einklang tun, oder? Ach, die Dinge, die einen Mann stören können!"

<hr />

Brian erinnerte sich – es war wahrscheinlich am selben Tag –, wie er eine Kiste mit Kontrabässen öffnete. In der Gruppe war ein alter Dreisaiter, wahrscheinlich aus dem frühen 19. Jahrhundert, ein wenig dicker als seine modernen Gegenstücke. Brian berührte die mittlere Saite in einer beiläufigen Liebkosung, ohne sie zum Klingen zu bringen, aber sie hatte es getan. Beim Spielen war sie auf D gestimmt; mit der Zeit war das schwere Murmeln auf A oder etwas in der Nähe davon gedämpft worden. Das hatte mit einem Gefühl der Endgültigkeit in dem stillen Raum gepulst, ein Klang, wie ihn ein programmatischer Komponist – etwa Tschaikowski oder ein anderer auf dem Tiefpunkt der Qual – als tonales Symbol für das Brechen eines Herzens verwendet haben könnte. Er blieb lange in der Luft, andere Instrumente flüsterten eine schwache Antwort.

„Also gut, meine Herren", sagte Brian. „Das war Ihr A." Er hatte den Fall abgeschlossen, ohne zu lachen.

Draußen im Hauptteil der Halle wurde dem vielleicht ältesten aller Instrumente ein Ehrenplatz eingeräumt, einer siebentönigen Marimba aus phonolithischem Schiefer, die im 20. Jahrhundert in Indochina entdeckt wurde und mindestens 5.000 Jahre alt sein soll. Das xylophonartige Gestell war modern; 25 Jahre lang war Brian seinem Zwang nachgekommen, es frei von Spinnweben zu halten. Manchmal berührte er die singenden Steine, nicht zum Vergnügen, sondern weil es ihm einen merkwürdigen Trost spendete. Sie kümmerten sich nicht um die Zeit und reagierten sogar auf das leichte Klopfen eines Fingernagels.

Auf der Westseite der Hall of Music, einen ziemlich langen Fußmarsch von Brians Höhle entfernt, befand sich ein kleiner Hörsaal. Früher wurden dort Vorlesungen, Konzerte und Kammermusikkonzerte abgehalten. In dem angenehmen Raum befand sich ein zwölf Fuß langer Konzertflügel , der 2043 von Steinway hergestellt wurde und wahrscheinlich das schönste der vielen Klaviere in der Hall of Music war.

Brian hatte sein Bestes getan, um das Klavier zu erhalten. Er nahm sich jeden Monat einen Tag Zeit, um es andächtig zu stimmen, und stahl andere Klaviere im Museum, um einen Vorrat an Saiten zu haben, die er ölte und gegen Rost versiegelte. Auf dem Steinway sammelte sich nie Schmutz. Wenn er nicht benutzt wurde, war er mit zusammengenähten Laken abgedeckt. Die Abdeckung zu entfernen war ein nüchternes Ritual; Brian wusch sich immer mit fanatischer Sorgfalt die Hände, bevor er die Tasten berührte.

Vor einigen Jahren hatte er sich angewöhnt, die Türen des Saals vor jedem Auftritt abzuschließen. Selbst wenn die Türen verschlossen waren, blickte er nicht auf die leeren Sitze – er wusste nicht und kümmerte sich auch nicht groß darum, ob diese Hemmung aus einer steinzeitlichen Angst vor jemandem dort oder aus der völligen, vernünftigen Gewissheit entstand, dass niemand dort sein konnte.

Die Angewohnheit könnte (er konnte sich nicht genau erinnern) im Jahr 2076 begonnen haben, als so viele Leichen mit der Ebbe aus dem Norden angeschwemmt waren. Der Anblick all dieser schwimmenden Toten hatte irgendwie nichts von all dem Grauen gespürt. Vielleicht lag es daran, dass Brian schon früher genug von Schrecken erlebt hatte; oder vielleicht fühlte er sich im Jahr 2076 bereits so weit von seinesgleichen entfernt, dass das, was ihnen widerfuhr, wie das Foto eines Krieges in einem fernen Land war.

Einige der Leichen waren ganz in der Nähe des Museums aufgetaucht. Die meisten wiesen die klaffenden Wunden primitiver Kriegsführung auf, einige waren jedoch seltsam verfärbt – eine neue Seuche? Also gab es (oder gab) dort oben im ehemaligen Sowjet Nordamerikas, einer selbsternannten „Nation", die den Osten des Staates New York und Teile Neuenglands umfasste, weitere Probleme.

Ja, das war wahrscheinlich das Jahr, in dem er begonnen hatte, die Türen zwischen seinen Privatkonzerten und einer leeren Welt zu verschließen.

Er warf das Wildbret in seine Höhle. Er schrubbte sich die Hände, die jetzt blau geädert, aber immer noch hart waren, und er kannte Mozart immer noch, dachte er, und ging – nicht mit großer Vorfreude, sondern eher wie von außen getrieben – durch den riesigen Saal, der so voll und doch so leer war und mit dem Abend, dem Staub, dem Alter und der Einsamkeit immer dunkler wurde. Musik sollte nicht schweigen.

Als das Klavier freigelegt war, zögerte Brian. Er bewegte unnötigerweise seine Hände. Er fummelte an dem Kerzenleuchter an der Wand herum, zündete drei Kerzen an und blies dann aus Sparsamkeit zwei aus. Er gab zu, dass er die heitere Klarheit Mozarts im Moment überhaupt nicht wollte. An diesem Abend war die Dunkelheit des Jahres 2070 näher, als er sie seit langem gespürt hatte. Mozart wäre nie auf die Idee gekommen, dass eine Welt sterben könnte, dachte Brian. Beethoven hätte sich nüchtern genug mit dem Gedanken befassen können; Chopin wahrscheinlich; sogar Brahms. Mozart hätte es sicherlich als jemandes bösen Traum abgetan, als geschmacklos.

Andrew Carr, der in der zweiten Hälfte des 20. Jahrhunderts lebte und starb, hatte diese Idee seit frühester Kindheit im Sinn. Die Katastrophe von Hiroshima war 1945, Carr wurde 1951 geboren; seine unerschöpfliche Musik entstand zwischen 1969, als er 18 Jahre alt war, und 1984, als er in einem ägyptischen Gefängnis an den Folgen einer Straßenschlägerei starb.

„Wenn nicht Mozart", sagte Brian zu seinen müßigen Händen, „dann gibt es immer noch das Projekt."

Carrs letzte Sonate so zu spielen, wie sie gespielt werden sollte – da Carr angeblich gesagt hatte, er könne sie selbst nicht spielen –, hatte Brian schon viele Jahre lang als das Projekt im Sinn. Es hatte lange vor dem Krieg begonnen, zur Zeit seiner Triumphe in einer zivilisierten Welt, die den kultivierten interpretierenden Künstler warmherzig schätzte, obwohl sie dem kreativen Künstler gegenüber nicht offener war als jedes andere Zeitalter. Damals in der unzerstörten Gesellschaft hatte Brian vorgeschlagen, diese Sonate zusammen mit älteren, aber nicht besseren Werken auf das Programm zu setzen und sie zu spielen – ja, über sein bestes Niveau hinaus, damit sogar Kritiker ihre Bedeutung erkennen würden.

Er hatte es nie getan, hatte nie das Gefühl gehabt, in die Sonate eingedrungen zu sein und ihre Tiefe zu verstehen. Jetzt, wo es niemanden gab, der es hörte oder sich dafür interessierte, außer vielleicht die harmlosen braunen Spinnen in den Ecken des Auditoriums, die eine Vorliebe für Musik hatten, gab es immer noch das Projekt.

„ *Ich* höre", sagte Brian. „ *Es* interessiert mich, und ich selbst als Publikum möchte es einmal so hören, wie es sein sollte, eine letzte Aussage für eine Welt, die nicht leben konnte und doch zu gut war, um zu sterben."

Technisch war er natürlich gut. Die sportlichen Anforderungen, die Carr an den Interpreten stellte, waren enorm, aber technisch gesehen waren sie nicht unmöglich. Jeder, der Konzerterfahrung hatte, konnte die Noten zumindest im erforderlichen Tempo spielen. Und jeder einigermaßen versierte Pianist konnte die Dynamik im Auge behalten und trotz des Donnerns , das vorher kommen musste, seine Kraft für das erschütternde Finale aufsparen. Brian hatte die Sonate früher zwei- oder dreimal von anderen gespielt gehört – und zwar kompetent. Kompetenz allein reichte nicht.

Wie wäre es zum Beispiel mit dem dritten Satz, diesem verrückten Scherzo, und den fünf winzigen Zwischenspielen süßer Stille , die zwischen seiner stürmischen Wut verstreut sind? Sie waren sich nicht ähnlich. Vielleicht verwandt, aber jedes erforderte ein neues Klima des Herzens und des Geistes – Zärtlichkeit, Bedauern, schlichte Entspannung. Blumen auf einer Flut – nein. Warmes Fensterlicht im Sturm – nein. Die Unschuld eines unwissenden Kindes in einer zerbombten Stadt – nein, nicht wirklich. Etwas von all dem, aber auch viel mehr.

Und was ist mit dem zweiten Satz, dem Largo, wo das Muster gewissermaßen umgekehrt war und die mitternächtliche Selbstbesinnung durch Augenblicke der Wut, der Sehnsucht oder der Verzweiflung unterbrochen wurde, wie bei einem Engel, der mit seinen Flügeln gegen ein gläsernes Gefängnis schlägt?

Es war durchweg ein Werk, bei dem etwas von Carrs Leben und Temperament in Sie eindringen musste, ob Sie es nun willkommen hießen oder nicht; andernfalls war Ihr Spiel nicht mehr als eine unbeholfene Wiedergabe von Noten auf einer Seite.

Carrs Leben war nicht dazu da, den Ängstlichen zum Nachdenken zu dienen.

Die Einzelheiten waren oberflächlich wohlbekannt. Die Biografien selbst waren wie Noten, ohne Interpretation und Einsicht bedeutungslos.

Carr war ein betrunkener Brüller gewesen, ein junger Teufelsgott mit einem so verzehrenden Hunger nach Leben, dass er daran erstickt wäre. Seine Freunde hassten ihn dafür, wie er ihr Leben aussaugte, sie bis zum Wahnsinn liebte und seine Arbeit immer ein bisschen mehr liebte. Seine Feinde mussten ihn zeitweise hilflos angebetet haben, und sei es nur wegen einer unmöglichen, durchsichtigen Ehrlichkeit, die ihn mehr und weniger menschlich machte.

Ein rauer Australier, nicht groß, aber gebaut wie ein Held, mit einem Gesicht, das nur aus Stirn und Kiefer bestand, und leuchtenden, hyperthyreoten Augen. Er weinte nur, wenn er wütend war, sagten die Biographen. In einer Minute Gespräch, so sagten sie, konnte er von Gossenobszönität zu einem Extrem altruistischer Zärtlichkeit und von dort zu einem philosophischen Kommentar von kältester Intelligenz wechseln.

Er verbrachte seine Kindheit auf einer Schaffarm, lief mit dreizehn auf einem Frachter zur See und studierte in London wie ein Sklave mit zielstrebiger Verzweiflung, selbst während der Schrecken der Pandemie von 1972. Er war zweimal verheiratet und zweimal geschieden. Er tötete einen Mann in einem schwachsinnigen Streit an den Docks von New Orleans und schrieb seine Erste Symphonie, während er dafür im Gefängnis saß. Und er starb an Stichwunden in einem Gefängnis in Kairo. All das hatte Relevanz. Ob relevant oder nicht, wenn die Sonate in Ihrem Kopf war, war es auch das Leben.

Man musste auch bedenken, dass Andrew Carr der letzte große Komponist der Zivilisation war. Niemand im 21. Jahrhundert kam an ihn heran – man ignorierte seine Entdeckungen und schnitzte Kirschkerne. Er gehörte keiner Schule an, es sei denn, man wollte sich eine Musikschule vorstellen, die mit Bach begann, auf dem Weg vielleicht ein Dutzend umfasste und mit Carr selbst endete. Sein Werk war eine Zusammenfassung und im Licht des Jahres 2070 eine Vollendung.

Brian war überzeugt, dass er den ersten Satz der Sonate akzeptabel spielen konnte. Technisch war er nicht revolutionär, aber eng an die alte Sonatenform angelehnt. Carr hatte sogar einen konventionellen Doppeltakt für eine Wiederholung des gesamten Eröffnungssatzes vorgesehen, was Kritiker des späten 20. Jahrhunderts mit großer Genugtuung höhnisch verspottete. Es kam ihnen nie in den Sinn, dass Carr von einem Interpreten erwartete, seinen Kopf zu benutzen.

Der heiter-traurige zweite Satz, unmodern lang, mit seinen seltsamen Pausen, unvorhergesehenen Reprisen, Ausbrüchen wilder Veränderungen – da begannen Brians Probleme. Es half ihm nicht, alt zu sein und sich an die inneren Stürme von vor 25 Jahren und mehr zu erinnern.

Als die einzelne Kerze flackerte, fiel Brian auf, dass er vergessen hatte, die Tür abzuschließen. Das beunruhigte ihn, aber er stand nicht von seinem Klavierstuhl auf. Stattdessen schalt er sich selbst für die albernen Neurosen des Alleinseins – was konnte das schon bedeuten?

Er schloss die Augen. Die Sonate hatte er schon vor langer Zeit auswendig gelernt; gedruckte Exemplare lagen sicher irgendwo in der Bibliothek. Er spielte den Beginn des ersten Satzes bis zum Doppeltakt, öffnete die Augen für das freundliche Schwarz und Weiß der klaren Tasten und spielte die Wiederholung mit neuem Licht, neuer Betonung. Besser als sonst, dachte er.

Jetzt diese aufsteigende Modulation nach A-Dur, die nur Carr genau dort und so plötzlich gewollt hätte, wie das abrupte Geschehen auf leuchtenden Feldern. Auf zum Höhepunkt – *ich spiele ihn, glaube ich* – durch die komplizierten Enthüllungen von Durchführung und Reprise. Und der Schluss, langanhaltend, halb humorvoll, nicht unähnlich einem Beethoven-Ende, aber mit einer Frage, die ganz Andrew Carr war.

Danach-

„Heute Abend nicht mehr", sagte Brian laut. „Aber irgendwann Abends … Im Moment bin ich nicht so weit, mein Freund. Angst hat viele Facetten. Aber das Projekt …"

Er legte die Abdeckung wieder auf den Steinway und blies die Kerze aus. Er hatte keine Taschenlampe mitgebracht, denn durch langes Üben waren seine Füße auf jedem Zentimeter der kurzen Reise geschult worden. Es war ganz dunkel. Die nie geöffneten Westfenster des Auditoriums waren schmutzig, der meiste Schmutz befand sich außen, verkrustetes Salz, das vom Wind verweht worden war.

In dieser teilweisen Dunkelheit stimmte etwas nicht.

Zunächst konnte Brian keine Quelle für das schwache Licht finden, das trübe Orange mit dem Hauch von Bewegung, die hier nichts zu suchen hatte. Er spähte in die Dunkelheit des Auditoriums und fixierte den schwärzeren Schatten der Tür, die er benutzen wollte, aber sie sagte ihm nichts.

Natürlich die Fenster. Er hatte fast vergessen, dass es welche gab. Das Licht, das diesen Namen kaum verdiente, fiel durch sie. Aber die Sonne war sicher schon lange untergegangen; er war lange hier gewesen, hatte gezögert und gegrübelt, bevor er spielte. Der Sonnenuntergang sollte nicht flimmern.

also eine Art Feuer auf dem Festland. Es hatte kein Gewitter gegeben. Wie konnte dort, wo sonst nie jemand hinkam, ein Feuer ausbrechen?

Er stolperte ein paarmal, fluchte heftig, fand den Eingang wieder und tastete sich durch ihn hindurch in die Musikhalle. Die Fenster hier draußen waren genauso schmutzig; es hatte keinen Sinn, durch sie zu sehen. Es musste eine Zeit gegeben haben, in der er es genossen hatte, durch sie zu schauen.

Zitternd stand er in der marmornen Stille und versuchte sich zu erinnern.

Er konnte es nicht. Die Zeit war ein allmähliches, ewiges Sterben. Die Zeit war ein langes Wachstum aus Schmutz und Meersalz, das alles versiegelte und für immer zudeckte.

Er stolperte in Eile zu seiner Höhle und zündete zwei Kerzen an. Eine ließ er neben dem kalten Ofen stehen und mit der anderen leuchtete er sich den Weg die Treppe hinunter zu seinem Floß. Unten angekommen blies er sie voller Angst aus. Der Raum, den eine Kerze in der Dunkelheit schafft, ist ein verwundbarer Raum. Ohne Wände schließt er sich in Blindheit. Aus Angst vor Lärm zog er das Floß vorsichtig am Führungsseil.

Er fand sein Kanu noch genauso festgebunden vor, wie er es zurückgelassen hatte. Langsam streckte er seinen weißen Kopf über die Fensterbank und starrte nach Westen.

Nur ein schimmerndes Lagerfeuer, das die Schwärze der Klippe rötet.

Brian kannte die Stelle, einen Felsvorsprung fast auf Wasserhöhe. An einem Ende verlief der beschwerliche Pfad, den er benutzte, um in den Wald zu gelangen. Hier gab es oft brauchbares Treibholz, das bei Flut immer wieder nachgeliefert wurde.

„Nein", sagte Brian. „Oh nein…"

Unfähig, es zu akzeptieren, zu glauben oder nicht zu glauben, zog er den Kopf hinein, legte die Stirn auf die Kälte des Fensterbretts und wartete, bis der Schwindel nachließ und die Vernunft zurückkehrte. Dann lehnte er sich wieder ziemlich ruhig über das Fensterbrett. Das Feuer brannte noch und war daher kein ungeordneter Alterstraum, aber es erlosch zu einer matten Glutrose.

Er machte sich ein wenig Gedanken über die Zeit. Die Uhren im Museum waren schon lange stehen geblieben; Brian wollte sie nicht mehr. Im Osten hing eine Mondsichel über dem Wasser. Er sollte sich an die Phasen erinnern und daraus die ungefähre Zeit ableiten können. Aber sein Verstand war zu müde oder zu verwirrt, um ihm die nötigen Daten zu liefern. Vielleicht war es irgendwo um Mitternacht.

Er kletterte auf die Fensterbank und hob das Kanu mit ächzender Anstrengung darüber in das bewegungslose Wasser im Inneren. Vergeudete Energie, dachte er, sobald dieser Kampf vorbei war. Das Feuer war angezündet worden, bevor es dunkel wurde; wer auch immer es angezündet hatte, musste das Kanu gesehen haben, vielleicht hatte er sogar Brian selbst dabei zugesehen, wie er von der Jagd nach Hause kam. Das Verschwinden des Kanus in der Nacht würde nur weitere Neugierde wecken. Aber Brian war zu erschöpft, um es wieder hochzuheben.

Warum sollte man annehmen, dass derjenige, der das Lagerfeuer entzündet hat, zwangsläufig feindlich gesinnt war? Könnte eine gute Gesellschaft sein.

Könnte sein....

Brian zog sein Floß durch die Dunkelheit, befestigte es an der Treppe und tastete sich zurück zu seiner Höhle.

Dann schloss er die Tür ab. Das Wild wartete schon auf ihn, und sein Anblick und Geruch machten ihn plötzlich hungrig. Er entzündete ein kleines Feuer im Ofen, und er hoffte, dass am Morgen nicht noch Rauch aus dem Lüftungsschacht steigen würde. Er kochte das Fleisch grob und schlang es hinunter, wobei ihm schon nach dem ersten Bissen die ganze Freude verging.

Er war schockiert, als er entdeckte, wie schmutzig sein weißer Bart war. Er hatte sich seit – Wochen? – kein richtiges Bad gegönnt. Er suchte nach einer Schere und verbrachte geistesabwesend eine Stunde damit, seinen Bart wieder auf die gewünschte Länge zu trimmen. Er sollte etwas Seife – wertvolles Zeug – mit in Moses' Zimmer nehmen und sich waschen.

Und Kleidung. Die Leute trugen sie wahrscheinlich immer noch. Er hatte jahrelang keine getragen, außer Sandalen, einem Tuch und einer Tragetasche für seine Reisen aufs Festland. Anfangs hatte er die Freiheit genossen, und besonders die Entdeckung in seinen rauen Fünfzigern, dass er selbst in den milden Wintern keine Kleidung brauchte, außer vielleicht einer leichten Decke, wenn er schlief. Dann war fast völlige Nacktheit so selbstverständlich geworden, dass man überhaupt nicht darüber nachdenken musste. Aber der Besitzer dieses Lagerfeuers –

Er überprüfte seine Gewehre. Das .22 Automatic, ein Armeemodell aus den 2040er Jahren, war das beste. Die winzigen Kugeln enthielten ein lähmendes Gift: Streifte man einen Mann am Finger, war er innerhalb von drei Minuten schmerzlos tot. Effektive Reichweite mit Zielfernrohr drei Kilometer; Gewicht knappe fünf Pfund.

Er saß lange da, umarmte diesen Triumph der Militärwissenschaft, lauschte auf Geräusche, die nicht kamen, und dachte oft über den unberechenbaren Übergang der Nacht zum Tag nach. War es schon zwei Uhr?

Er wünschte, er hätte den Satelliten sehen können, der in Gedanken in Mitternachtsstern umbenannt worden war, aber als er dort unten in seinem Hafen lag, hatte er nicht ein einziges Mal in den Nachthimmel geschaut. Zart und schön, mit seiner ewigen Fracht von Menschen, die nun seit fünfundzwanzig Jahren tot sein mussten und noch sehr lange tot sein würden – nun, es war besser als eine Uhr, dachte Brian oft, wenn man zufällig zur richtigen Zeit des Monats in den Mitternachtshimmel blickte, wenn der von Menschenhand geschaffene Stern das Mondlicht einfangen konnte. Aber heute Nacht hatte er ihn nicht gesehen.

Drei Uhr?

Irgendwann während der langen Dunkelheit legte er das Gewehr auf den Boden. Mit bewusster, selbstbewusster Verachtung seiner eigenen Schwäche schritt er mit einer frisch angezündeten Kerze lautstark in die Musikhalle. Er wusste, dass diese Tapferkeit beim ersten fremden Geräusch verfliegen könnte. Doch solange sie anhielt, war sie belebend.

Die Fenster waren noch dunkel vor Nacht. Als hätte die Kerzenflamme ihren eigenen Weg gefunden, stand Brian neben der alten Marimba in der Haupthalle, das Licht strahlte achtlos von seiner dünnen, stark geäderten Hand ab. In der Nähe, auf einem kleinen Tisch, stand das Tonbild aus der Steinzeit, das er vor langer Zeit aus dem Besprechungsraum der Direktoren im fünfzehnten Stock mitgebracht hatte. Es erschreckte ihn.

Er erinnerte sich noch genau daran, wie er es selbst dort hingestellt hatte, einer halb humorvollen Laune folgend: Das Bild und die singenden Steine waren beide prächtig älter als die Geschichte, also warum sollten sie nicht zusammenleben? Immer wenn er die Marimba abstaubte, staubte er das Bild und seinen Sockel respektvoll ab. Er nahm an, dass es nicht viel Ansporn durch die Impulse eines einsamen Geistes erfordert hätte, Opfergaben davor abzulegen und sich zu verneigen – natürlich mit einem Augenzwinkern, um anzudeuten, dass Rituale, die für zwei alternde Herren angemessen waren, nicht sinnvoll sein mussten, um gut zu sein.

Doch nun erschreckte ihn das Lehmgesicht, das die Ewigkeit verkörperte. Vielleicht hatte das Flackern der Kerze ihm eine neue Art von Leben eingehaucht.

Obwohl es durch das Alter abgenutzt war, war es nicht entstellt. Die abgebrochenen Stellen waren schlichte, ehrenhafte Narben. Die beiden Gesichter starrten sanft aus dem einzelnen Kopf; es gab schlichte, stilisierte Linien, die gefaltete Hände darstellten, und ebenso schlichte Zeichen des Geschlechtsverkehrs auf beiden Seiten. Das war alles. Der Hersteller hätte es vielleicht als Kinderspielzeug oder als Gott gedacht haben können.

Ein moderner Holzhammer lag auf der Marimba. Leise klopfte Brian auf einige der Steine. Den schrillsten schlug er härter an, wodurch viele langsam abklingende Obertöne erklangen, und legte den Hammer hin, lauschte, bis das letzte Murmeln verklang und ein Tropfen heißen Wachses seinen Daumen schmerzte.

Er kehrte in seine Höhle zurück und blies die Kerze aus. Dabei dachte er an die Tür und kümmerte sich nicht darum, dass er sie in irrationaler Tapferkeit unverschlossen gelassen hatte. Mit dem Gesicht nach unten rollte er den Kopf und verkrampfte die Finger in seinem Bett, suchte unter Schmerzen und fand schließlich Erleichterung in stürmischem, hilflosem Weinen in der völligen Dunkelheit.

Dann schlief er.

Sie sahen schüchtern aus. Das zeigte sich in ihrer angespannten Hockhaltung, nicht in dem, was Brian im schwachen Licht von ihren Gesichtern sehen konnte, die ausdruckslos wie Stein waren. Sie hockten knapp hinter der offenen Tür der Garderobenhöhle, hinter ihnen das trübe Morgengrauen der Musikhalle, und waren bereit zur Flucht. Brians Intelligenz warnte seinen Körper, bewegungslos zu bleiben, denn Fluchtbereitschaft konnte auch Angriffsbereitschaft sein. Er musterte sie und senkte die Augenlider zu einem Schlitz. Auf seiner Pritsche tief in der Höhle musste er im tiefen Schatten liegen.

Sie waren sich seiner jedoch bewusst, und zwar sehr wohl.

Sie waren sehr jung, vielleicht sechzehn oder siebzehn Jahre alt, mit kräftigen Muskeln, der Mann schlank, aber mit schweren Schultern, das Mädchen eine voll entwickelte Frau. Sie waren gleich gekleidet: Lendenschurze aus grobem, mattem Stoff und Mokassins, die aus Hirschleder sein könnten . Ihr Haar reichte ihnen fast bis zu den Schultern und war dort nachlässig abgeschnitten, aber sie pflegten es offensichtlich zu kämmen. Sie schienen sauber zu sein. Ihre Hautfarbe war, soweit Brian sie im spärlichen Licht erraten konnte, das Braun einer starken Sonnenbräune.

Ohne unmittelbare Gefühlswahrnehmung kam Brian zu dem Schluss, dass sie wunderschön waren, und dann, in seinem eigenen gefassten, gefährlichen Schweigen, erinnerte er sich daran, dass die Jugend immer wunderschön ist.

Leise – Brian sah keine Bewegung ihrer Lippen – murmelte die Frau: „Er ist wach.“

Ein Zucken der Hand des Mannes sollte sie wahrscheinlich warnen, still zu sein. Seine andere Hand umklammerte den Schaft eines Speers mit einer Metallklinge. Brian sah, dass die Klinge einst zu einem Brotmesser gehört hatte; sie war poliert und glänzend und an einem geschälten Stock befestigt. Der Speer hing hinter ihr her und war bereit, mit einer Handbewegung des jungen Mannes eingesetzt zu werden. Brian öffnete deutlich die Augen.

Er seufzte absichtlich. „Guten Morgen.“

Der Jugendliche sagte: „Guten Morgen, Sa. “

"Wo kommst du her?"

„Mühlstein.“ Der junge Mann sprach automatisch, doch dann löste sich seine Gesichtsstarre in Erstaunen und eine Art Bedrängnis auf. Er warf seinem Begleiter einen Blick zu, der unbehaglich kicherte.

„Der alte Mann tut so, als wüsste er es nicht“, sagte sie lächelnd und schien auf die Erlaubnis des jungen Mannes zu warten, weiterzusprechen. Er gab sie ihr nicht, aber sie fuhr fort: „Sa, die Alten von Millstone sind tot.“ Sie streckte ihre Hand aus und senkte sie, flach, ein Bild der Endgültigkeit, und fügte mit nervöser Hast hinzu: „Wie der alte Mann weiß. Er, der uns sagte, wir sollten ihn Jonas nennen, sie, die uns sagte, wir sollten sie Abigail nennen, sie sind tot. Sie liegen sechs Tage lang regungslos da. Dann führen wir die Beerdigung durch, wie sie es uns gesagt haben. Wie der alte Mann weiß.“

„Aber ich weiß es nicht!“, sagte Brian und setzte sich zu schnell auf seiner Pritsche auf, was sie erschreckte. Aber ihre Bewegung war rückwärts, sie waren bereit zur Flucht, nicht zum Angriff. „Millstone? Wo ist Millstone?“

Beide sahen erst völlig verwirrt und dann bestürzt aus. Sie standen mit herrlicher animalischer Anmut auf und traten rückwärts aus der Höhle, während das Mädchen dem Mann etwas ins Ohr flüsterte. Brian verstand nur zwei Worte: „Ist wütend...“

Er sprang auf. „Geht nicht! Bitte geht nicht!“ Er folgte ihnen aus der Höhle, jetzt langsam, im Bewusstsein, dass er im Halbdunkel durchaus ein Schreckensobjekt sein könnte, seines hageren, unschönen Alters und seines schmutzigen, abgeschnittenen Bartes. Fast unwillkürlich übernahm er etwas von der flachen, gestelzten Art ihrer Sprache: „Ich werde euch nichts tun. Geht nicht.“

Sie blieben stehen. Das Mädchen lächelte zweifelnd.

Der Mann sagte: „Wir brauchen Alte. Sie sterben. Derjenige, der uns sagte, wir sollten ihn Jonas nennen, sagte: viele Tage im Boot, nicht mit dem Sonnenpfad, sagte er, über den Sonnenpfad , sagte er, Land auf der linken Seite haltend. Wir brauchen Alte, um zu sprechen – um zu sprechen... Der alte Mann ist wütend?“

„Nein, ich bin nicht wütend. Ich bin nie wütend.“ Brians Gedanken tasteten umher, ohne sich einer Sache sicher zu sein. Seit fünfundzwanzig Jahren war niemand mehr gekommen. Nur fünfundzwanzig? Millstone?

Auf den schmutzigen Ostfenstern der Musikhalle schimmerte Rotgold, und das Licht fiel sanft herab und berührte die langen Reihen von Vitrinen, das warme Braun eines antiken Spinetts, das arrogante, reine Gold einer Harfe aus dem 20. Jahrhundert, das stumpfe Grau fünftausend Jahre alter singender Steine und eines noch viel älteren Lehmgesichts.

„Mühlstein?“ Brian zeigte fragend nach Südwesten.

Das Mädchen nickte, erfreut und überhaupt nicht überrascht, dass er es wusste, und beobachtete ihn jetzt mit der steifen Neugier eines Eichhörnchens. Hatte es nicht einmal in oder in der Nähe von Princeton einen Millstone River gegeben? Er glaubte sich zu erinnern, dass er in den Raritan-Kanal mündete. Dort gab es ein mäßig erhöhtes Gelände. Jetzt waren es zweifellos Inseln, oder – nun, vielleicht würden sie es ihm sagen.

„Es gab alte Leute in Millstone“, sagte er und versuchte, sanfte Würde zu beweisen, „und sie sind gestorben. Und jetzt braucht man Alte, die ihren Platz einnehmen.“

Das Mädchen nickte heftig. Ein Blick auf den jungen Mann war voller Schüchternheit, Besitzgier, vielleicht auch etwas Belustigung. „Derjenige, der uns sagte, wir sollten ihn Jonas nennen, sagte, keine Ehe könne ohne die Worte Abrahams bestehen.“

„ Abr –" Brian bremste sich. Wenn es sich um Religion handelte, dann war es nicht angebracht, den Namen Abraham mit steigender Betonung auszusprechen, zumindest nicht, bis er wusste, wofür er stand. „Ich bin schon seit langer Zeit –" Er bremste sich erneut. Ein Mann, der alt, hässlich und seltsam genug ist, um heilig zu sein, sollte sich nie dazu herablassen, irgendetwas zu erklären.

Sie standen neben der Marimba aus sieben Steinen. Seine Hand fiel herab, sein Daumennagel klatschte versehentlich gegen den tiefsten Stein und löste ein Gemurmel aus. Die Kinder wichen erschrocken zurück.

Brian lächelte. „Hab keine Angst." Er klopfte leicht auf die anderen Steine. „Es ist nur Musik. Sie wird dir nicht wehtun." Er schwieg eine Weile, und sie waren geduldig und respektvoll und warteten auf mehr Licht. Er fragte vorsichtig: „Derjenige, der dir gesagt hat, du sollst ihn Jonas nennen, hat dir alles beigebracht, was du weißt?"

„Alles", sagte der Junge, und das Mädchen nickte rasch, sodass ihr das weiche Braun ihres Haares ins Gesicht fiel und sie es mit einer kleinen menschlichen Bewegung zurückstrich, die so alt war wie das Tonbild.

„Weißt du, wie alt du bist?"

Sie schauten verständnislos. Dann sagte das Mädchen: „Oh, Sommer!" Sie hielt beide Hände mit gespreizten Fingern hoch, dann eine Hand. „Drei Fünfer. Wie der Alte weiß."

„Ich bin sehr alt", sagte Brian. „Ich weiß viele Dinge. Aber manchmal möchte ich vergessen, und manchmal möchte ich hören, was andere wissen, auch wenn ich es selbst weiß."

Sie wirkten verständnislos und sehr beeindruckt. Brian spürte ein Lächeln auf seinem Gesicht und fragte sich, warum es da sein sollte. Sie waren nette Kinder. Zehn Jahre nach dem Tod einer Welt geboren. Oder zwanzig vielleicht. *Ich glaube, ich bin sechsundsiebzig, aber habe ich irgendwo ein Jahrzehnt verloren und das verdammte Ding nie bemerkt?*

„Derjenige, der dir sagte, du sollst ihn Jonas nennen, hat dir alles beigebracht, was du über Abraham weißt?"

Als der Name erklang, machten beide rasche kreisende Bewegungen, zuerst über die Stirn, dann über die Brust.

„Er hat uns alles beigebracht", sagte der junge Mann. „Er und sie, die uns sagte, wir sollten sie Abigail nennen. Die Zeiten, zu denen wir aufstehen, beten, uns waschen und essen sollten. Die Gesetze für die Jagd, und ich kenne die Abraham-Worte dafür: Sol-Amra, ich nehme dies für meinen Bedarf."

Brian fühlte sich wieder verloren, furchtbar verloren, und blickte auf die ernsten Lehmgesichter des Bildes, um Rat zu suchen, und fand keinen. „Die, die dir gesagt haben, du sollst sie Jonas und Abigail nennen, waren die einzigen Alten, die bei dir gelebt haben?"

Wieder dieser verwirrte Blick. „Die Einzigen, sa ", sagte der junge Mann. „Wie der Alte weiß."

Ich konnte sie nie davon überzeugen, dass ich aufgrund meines Alters so gut wie nichts weiß.

Brian richtete sich zu seiner vollen hageren Größe auf. Die jungen Leute waren nicht groß; obwohl er steif und vom Alter gezeichnet war, wusste Brian, dass er immer noch ein knochiges , überwältigendes Wesen war. Früher, unter Männern, hatte er es ein wenig genossen, größer als lebensgroß zu sein.

Um sein einsames, verängstigtes Gemüt zu schützen, setzte er eine falsche Strenge auf: „Ich möchte Sie über Millstone und Ihr Wissen über Abraham befragen. Wie viele andere leben in Millstone?"

"Zwei Fünfer, sa ", sagte der Junge prompt, "und ich, der wir Jonason nennen dürfen, und dieser hier, den wir Paula nennen dürfen. Zwei Fünfer und zwei. Wir sind die Größten, wir zwei. Die anderen sind nur Kinder, aber der, den wir Jimi nennen, hat sein Reh erlegt. Er passt jetzt auf sie auf, während wir über den Sonnenpfad gehen."

Unter Brians Fragen kam mehr von der Geschichte heraus, stockend, überlagert von der Überzeugung des jungen Mannes, dass der Alte bereits alles wusste. Irgendwann, wahrscheinlich Mitte der 2080er Jahre, waren Jonas und Abigail (wer auch immer sie waren) auf eine Gruppe von zwölf wilden Kindern gestoßen, die sich irgendwie in einer zerstörten Stadt am Leben hielten, in der alle ihre Ältesten gestorben waren. Jonas und Abigail hatten sie alle auf eine Insel gebracht, die sie Millstone nannten.

Jonas und Abigail stammten ursprünglich von „drüben auf der Sonnenseite" – der Junge schien Norden zu meinen – und sie waren sehr alt gewesen, was alles zwischen dreißig und neunzig bedeuten konnte. Indem sie den Kindern primitive Überlebensmethoden beibrachten, hatten Jonas und Abigail einen glänzenden Erfolg erzielt: Jonason und Paula waren wohlgenährt, strahlten vor Gesundheit und Sauberkeit und der Kraft der Wildheit, und ihre Sprache hatten sie nicht von Unwissenden gelernt. Ihre Aussprache erinnerte vage an Neuengland, soweit Brian überhaupt einen lokalen Akzent erkennen konnte.

„Haben sie dir Lesen und Schreiben beigebracht?", fragte er und machte Schreibbewegungen auf seiner flachen Handfläche, die die beiden mit leichter Bestürzung beobachteten.

Der Junge fragte: „Was ist das?"

„Schon gut." Er dachte: *Ich könnte mit einigen Ihrer Theorien nicht einverstanden sein, Herr, den ich Jonas nennen darf.* „ Nun , erzählen Sie mir, was man Ihnen über Abraham beigebracht hat."

Beide machten noch einmal die kreisende Bewegung an Stirn und Brust, und der junge Mann sagte mit der Steifheit einer Rezitation: „Abraham war der Sohn des Himmels, der starb, damit wir leben können."

Das Mädchen, das mit der religiösen Geste seiner Verpflichtung nachgekommen war, klopfte schüchtern und fasziniert auf die Marimba, zog ihren Finger scharf zurück und lächelte Brian an, um sich für ihre Ungezogenheit zu entschuldigen.

„Er lehrte die Gesetze, die ewige Wahrheit aller Zeiten", rezitierte der Junge fast plappernd, „und wurde bei Nuber von den Ungläubigen gerädert. Da er für uns starb, blicken wir daher über den Sonnenpfad, wenn wir zu Abraham Brown beten, der wiederkommen wird."

Abraham *Braun* ?

Aber-

Aber ich kannte ihn , dachte Brian verblüfft. *Ich bin ihm einmal begegnet. Nuber ? Newburg, die provisorische Hauptstadt des Sowjets von – ach, zum Teufel damit. Habe ihn 2071 kennengelernt – damals war er 102 Jahre alt, konnte noch gehen, deutlich sprechen, sich sogar an ein unwichtiges Konzert von mir vor Jahren erinnern. Ich hätte ihn mit einer Hand hochheben können, aber niemand war je lebendiger. Das Rad?*

„Und wann ist er gestorben, Junge?", fragte Brian.

Jonason bewegte hilflos und verlegen die Finger. „Vor langer, langer Zeit." Er blickte hoffnungsvoll auf. „Tausend Jahre? Ich glaube, derjenige, der uns gesagt hat, wir sollen ihn Jonas nennen, hat uns das nie beigebracht."

"Ich verstehe. Macht nichts." *Oh, mein guter Doktor – immerhin! Künstler, Staatsmann, Student der Ethik, Philosoph – Sie sagten, wenn die Menschen sich selbst kennen würden, hätten sie den Anfang der Weisheit. Ihr bester Lehrer war Sokrates. Nun, Sie wussten es, und jetzt sehen Sie, was passiert ist!*

Jonas und Abigail – ein visionäres Paar, dachte Brian, das angesichts der Grausamkeit jener Jahre vielleicht zusammenbrach. Vielleicht Browns Bewunderer. Vermutlich schockiert, weil sie sich von den Religionen des 21.

Jahrhunderts abgewandt hatten, die alle nicht in der Lage gewesen waren, die Schrecken zu stoppen, brauchten sie trotzdem eine, oder waren davon überzeugt, dass die Kinder sie brauchten – also schufen sie eine. Später muss ein schwindelerregender Stolz auf die Schöpfung darin gesteckt haben, vielleicht auch ein aufrichtiger Glaube an sich selbst, als sie feststellten, dass die Kinder sie akzeptierten und ein rituelles Leben darum herum aufbauten.

lebenden Abraham Brown getroffen haben könnten . Wie jeder, der mit den Grenzen der menschlichen Intelligenz konfrontiert ist, hatte Brown Geheimnisse akzeptiert, aber er hatte sie nicht geschaffen. Er war völlig frei von intellektueller Arroganz. Niemand hätte fünf Minuten mit ihm reden können, ohne ihn ruhig sagen zu hören: „Ich weiß es nicht.“

Das Rad bei Nuber ?

Das *Rad* ?

Brian wurde klar, dass er nie erfahren würde, wie Brown tatsächlich gestorben war. Selbst wenn er die Kraft und den Mut hätte, in den Norden zurückzukehren – nein, mit 76 (86?) Jahren kann man kaum noch einen Neuanfang in der Geschichtswissenschaft machen. Nicht ohne die Geduld von Abraham Brown selbst, der wahrscheinlich genau das getan hatte, als das Rad …

Eine ehrfürchtige Frage des Mädchens riss Brian aus einem schwarzen Abgrund der Abstraktion: „Was ist das?“ Sie zeigte auf das Tonbild im staubigen Sonnenlicht.

Brian sprach vage, fast taub für seine eigenen Worte, bis er sie nicht mehr fassen konnte: „Das? Es ist sehr alt. Sehr alt und sehr heilig.“ Sie nickte mit großen Augen und trat ein oder zwei Schritte zurück. „Und das – das war alles, was man Ihnen über Abraham Brown beigebracht hat?“

Erstaunt fragte der Junge: „Ist das nicht genug?“

Es gibt immer das Projekt. „Warum, vielleicht.“

„Wir kennen alle Gebete, alter Mann.“

„Ja, das glaube ich.“

„Der Alte wird mit uns kommen.“

„Eh?“ *Es gibt immer noch das Projekt.* „Kommst du mit?“

„Wir suchen die Alten“, sagte der junge Mann. Seine Stimme hatte einen neuen Unterton, und dieser Unterton war Ungeduld. „Wir sind viele Tage gereist, den Sonnenpfad hinauf. Wir möchten, dass du die Abraham-Worte für die Ehe sprichst. Die Alten sagten, wir dürften uns nicht wie die Tiere paaren, ohne die Worte. Wir möchten –"

„Heiraten, natürlich", sagte Brian schwach und rieb sich mit seiner großen, langfingrigen Hand über das Gesicht, so dass die Worte verschwammen und stumpf wurden. „Natürlich. Zeugen. Die Erde bevölkern. Ich bin müde. Ich kenne keine Abraham-Worte für Heirat. Mach weiter und heirate. Versuch es noch einmal. Versuch es –"

„Aber die Alten sagten –"

„Warte!", rief Brian. „Warte! Lass mich nachdenken. Hat er – der, der dir gesagt hat, du sollst ihn Jonas nennen – dir irgendetwas über die Welt beigebracht, wie sie früher war, bevor du geboren wurdest?"

„Früher? Der Alte macht sich über uns lustig."

„Nein, nein." Und da er nun sowohl die körperliche Angst als auch die Verwirrung unterdrücken musste, sprach Brian schärfer als beabsichtigt: „Beantworte meine Frage! Was weißt du über die alten Zeiten? Ich war einmal ein junger Mann, verstehst du? So jung wie du. Was weißt du über die Welt, in der ich gelebt habe?"

———

Jonason lachte. In ihm war neben Wut auch neugeborener Zweifel, der seine Schultern versteifte und seine unschuldigen grauen Augen zusammenkniff. „Die Welt hat es immer gegeben", sagte er, „seit Gott sie vor tausend Jahren erschaffen hat."

„Gab es das? Ich war Musiker. Weißt du, was ein Musiker ist?"

Der junge Mann schüttelte den Kopf und beobachtete Brian – zu aufmerksam, beobachtete seine Hände, nahm ihn auf eine neue Art wahr, nicht mehr demütig. Paula spürte die Anspannung und sie gefiel ihr nicht.

Sie sagte besorgt und höflich: „Wir vergessen manches, was sie uns beigebracht haben, sa . Sie waren Alte. Die meiste Zeit des Tages waren sie weit weg von uns, an – Orten, wo wir nicht hingehen durften, und beteten. Alte beten immer."

„Ich werde diesen alten Mann beten hören", sagte Jonason. Der Griff des Speers ruhte auf Jonasons Fuß, die Klinge schwang von einer Seite zur anderen. Ein falsches Wort, jede Kleinigkeit, das wusste Brian, konnte sie augenblicklich entscheiden lassen, dass er böse und nicht heilig war. Ihre Religion würde sicherlich einen Teufel erfordern.

Er dachte auch: *Nur eine von vielen Arten zu sterben. Es würde schnell gehen, was immer eine Überlegung wert ist.*

„ Natürlich kannst du mich beten hören", sagte Brian abrupt. „Komm hierher." In schwankender Verzweiflung wusste er, dass er nicht wütend werden durfte, so wie ein Kletterer, der am Rand einer Klippe stolpert, sich selbst befehlen würde, nicht unvorsichtig zu sein. „Komm hierher. Meine Gebete – ich werde es dir zeigen. Ich werde dir zeigen, was ich getan habe, als ich ein junger Mann in einer Welt war, die du nie kanntest."

Er schritt durch die Musikhalle, ohne sich umzudrehen, doch sein Rücken spürte jeden Lichtschimmer auf dem Brotmesser-Speer.

„Kommen Sie hierher!", rief er. „Kommen Sie hier herein!" Er riss die Tür des Zuschauerraums auf und schritt auf die Bühne. „Setzen Sie sich dort hin und seien Sie ruhig!"

Das stimmt, dachte er – er konnte sie nicht ansehen. Er wusste, dass auch er zwischen seinen lauten Ausbrüchen murmelte, als er die Abdeckung vom Steinway riss und den Deckel anhob und Bruchstücke aus alten und neuen Zeiten murmelte.

„Sie sind so weit weg gefahren . Oh, Herr Van Anda, es geht mir einfach durch den Kopf; ich kann es nicht in Worte fassen. Madam, das war meine Absicht – oder, wie Brahms zu einem etwas anderen Thema gesagt haben soll, das weiß jeder Esel. Brio, Rubato und Schmalz sind zur See gefahren in einem – Jonason, Paula, das ist ein Klavier. Es wird Ihnen nichts tun. Setzen Sie sich da hin, seien Sie ruhig, hören Sie zu."

Er fand Ruhe. *Jetzt, wenn überhaupt, jetzt, wo ich den lebenden Beweis habe, dass die menschliche Natur (irgendeine Art menschlicher Natur) fortbesteht – sicher jetzt, wenn überhaupt, das Projekt –*

Mit der ihm angeborenen plötzlichen Autorität übernahm Andrew Carr. Bei den gewaltigen Eröffnungsakkorden der Einleitung vergaß Brian beinahe sein Publikum. Aber nicht ganz. Die Jugendlichen hatten sich dort draußen in der staubigen Gegend niedergelassen, wo seit 25 Jahren oder mehr nur Geister verweilten. Der erste Klavierton ließ sie aufspringen. Brian spielte die ersten vier Takte durch und türmte die Akkorde wie Berge auf, hielt dann den letzten mit dem Pedal fest und winkte mit der rechten Hand in einer wütenden Abwärtsbewegung in Richtung Jonason und Paula.

Er glaubte, sie hätten verstanden. Er glaubte, sie wieder sitzen zu sehen, aber er konnte ihnen jetzt kaum noch Aufmerksamkeit schenken, denn die Sonate erwachte unter seinen Fingern zum Leben, erwachte, wuchs, jubelte.

Er vergaß die Jugendlichen nicht wieder. Sie waren wichtig, furchteinflößend, zu wichtig, am Rande des Bewusstseins. Aber er konnte sie nicht mehr ansehen . Er schloss die Augen.

So hatte er in seinen besten Zeiten, früher, vor einem großen Publikum, das ihn liebte, noch nie gespielt. Niemals.

Seine Augen waren noch geschlossen und hielten ihn geborgen in einer geheimen Welt, die nicht nur aus Dunkelheit bestand, als er den ersten Satz beendete, ganz kurz innehielt und mit voller Gewissheit weitermachte, um die Tiefe und Höhe des zweiten Satzes zu erkunden. Dies war endlich eine wahre Aussage. Das war Andrew Carr; er lebte, auch wenn er nach diesem späten Morgen vielleicht nie wieder leben würde.

Und nun das Dritte, der Sturm und der Zorn, die Ruhephasen, die Wut, die Verleugnungen, die Bestätigungen. *Gab es irgendetwas, das er nicht wusste, dieser Erbe von drei Jahrhunderten, der im Gefängnis starb?*

Ohne zu zögern, ohne jedes Bewusstsein seiner selbst, seines Alters, seines Schmerzes, seiner Gefahr oder seines Verlustes begab sich Brian gerade in die weiten Tiefen der letzten Bewegung, als er die Augen öffnete.

Die Jugendlichen waren weg.

Na ja, dachte er, es ist zu groß. Es hat sie verschreckt. Er konnte sie sich vorstellen, wie sie mit panischen Blicken nach hinten davonschlichen. Unbegreifliches Donnern. Aber er konnte jetzt nicht viel an sie denken. Nicht, solange Andrew Carr bei ihm war. Er spielte mit derselben Zuversicht weiter, mit demselben freudigen Siegesgefühl. Wilde – lasst sie gehen, mit Erlaubnis und gutem Willen.

Irgendein Geräusch von außen störte ihn ein wenig, etwas, das unter dem Schutz dieser ansteigenden, dröhnenden Oktavpassagen begonnen haben musste – Sturmwellen, eine höher als die andere, bis es schien, als müsse selbst ein übermenschlicher Schwimmer erschöpft sein. Ein undefinierbares, fremdes Geräusch, eine Art Summen.

Brian schüttelte verdrießlich den Kopf und schloss ihn. Es konnte keine Rolle spielen, zumindest nicht jetzt. Alles war hier, in der schönen Arbeit, die seine Hände noch zu tun hatten. Die Wellen wurden ruhiger , legten sich, ließen nach, und jetzt musste er diese seltsamen Arpeggios spielen, die er nie ganz verstanden hatte – aber natürlich verstand er sie endlich. Sie aus dem Klavier reißen wie Funkenschauer, wie entfernte Blitze, die sich weiter fortbewegen über eine Welt, die niemals zur Ruhe kommen konnte.

Das letzte Thema. Es war eine Variation – und wie kam es, dass er es nie erkannt hatte? – eine Variation über ein Thema von Brahms aus dem Deutschen Requiem. Ganz schlicht, ganz einfach, und Brahms hätte es gutgeheißen. Trotzdem war es ziemlich seltsam, dachte Brian, dass er es trotz all seiner Studien nie zuvor erkannt hatte. Nun, jetzt wusste er es.

Ja, dachte Brian, aber es blieb noch etwas übrig, und er suchte danach, in der stolzen Gewissheit, es zu entdecken, während sich das Finale gewaltig entfaltete. Keine Eile, keine stürmische Ungeduld mehr, sondern ein Bewegen durch die Zeit ohne Angst vor der Zeit, durch Glanz und Dunkelheit ohne Angst vor beidem. Andrew Carr war glücklich, das Licht der Sonne auf seinen Schultern.

Damit sie von ihrer Arbeit ausruhen können und ihre Werke ihnen folgen.

Brian stand auf, schwankend und außer Atem. Die Musik war also vorbei, die jungen Wilden waren verschwunden, und irgendwo erfüllte ein klirrendes, summendes Durcheinander den Saal der Musik, fern, aber jetzt, da das Klavier verstummte, mit Gewalt sogar hier eindrang. Brian verließ steif den Saal, mehr oder weniger wissend, was ihn erwarten würde.

Der Lärm war gewaltig, die ungezügelten Obertöne der Marimba rauchten und bebten, als die hohe Decke der Musikhalle sie auffing und verdrehte und sie zurückschleuderte gegen die antwortenden Saiten der Harfen, Klaviere und Violinen, die schmollenden Membranen der Trommeln und das nervöse Blech der Becken.

Das Mädchen hat es gespielt. Wirklich gespielt.

Brian lachte einmal leise im Schatten und wurde nicht gehört. Sie hatte einen urtümlichen Rhythmus gefunden, der Kindern und Wilden gleichermaßen eigen war, und brauchte nichts anderes. Sie hämmerte ihn schnell auf einen Stein und dann auf den nächsten, ohne Pause oder Abwechslung.

Der Junge tanzte, klatschte mit den Füßen, schlug sich auf die Brust, stieß seinen Speer genau im Takt des Lärms aus, schob sich an seinen Gefährten heran, verzog das Gesicht und wich zurück, um zurückzukehren. Keiner von beiden lachte oder lachte auch nur annähernd. Ihre Gesichter waren wild und ernst, geradezu grimmig vor Aufregung, vor unschuldiger Lust, so spontan wie das Trommeln von Rebhühnern.

Es dauerte eine Weile, bis sie Brian im Schatten sahen.

Das Mädchen ließ den Hammer fallen. Der Junge erstarrte kurz, hob seinen Speer und riss dann leicht seinen Kopf in Richtung Paula, die nach etwas schnappte. Erst Augenblicke später wurde Brian klar, dass sie das Tonbild genommen hatte, bevor sie floh. Jonason deckte ihren Rückzug, indem er zurücktrat, sein Gesicht ausdruckslos vor Angst und Bereitschaft, den Speer im Anschlag. So schnell, so leicht, durch ein paar falsche Worte und

Steinways bestes Spiel, war aus einem Heiligen Alten ein Böser Alter geworden, ein böser Geist.

Sie waren verschwunden, die Treppe hinunter, und hinterließen das Echo von Brians schreiender Stimme: „Geh nicht! Bitte geh nicht! Ich flehe dich an!"

Brian folgte ihnen widerwillig. Sein Widerwille zeigte sich daran, dass es einige Augenblicke dauerte, bis er am Fuß der Treppe angelangt war und über das eingeschlossene Wasser hinweg auf sein Floß blickte, das sie benutzt und an der Fensterbank zurückgelassen hatten. Brian war nie ein guter Schwimmer gewesen; jetzt war ihm zu schwindelig und er war zu kurzatmig, um zu versuchen, es zu erreichen.

Er klammerte sich an das Seil und zog sich keuchend Hand über Hand ans Fenster, wo er eine Weile zusammenbrach, bis er die Kraft fand, in sein Kanu zu klettern und nach dem Paddel zu greifen. Das Kanu der Jugendlichen war schon weit entfernt und fuhr den Fluss hinauf, während der Junge mit tiefen, kräftigen Schlägen paddelte.

Natürlich den Fluss hinauf. Sie mussten die richtigen Alten finden. Über den Sonnenpfad.

Brian stieß sein Schwert in das ruhige Wasser. Eine Zeit lang waren seine uralten, rauen Muskeln willig. Sie waren noch voller Energie. Vielleicht holte er etwas auf.

Er schrie laut: „Bringt meinen doppelgesichtigen Gott zurück! Bringt ihn zurück! Er gehört euch nicht. *Er gehört euch nicht!* "

Sie mussten seine dröhnende Stimme gehört haben. Jedenfalls drehte sich das Mädchen einmal um. Der Junge, der ganz auf seine Anstrengung konzentriert war, tat es nicht.

Brian brüllte: „Bringt meinen Gott zurück! Ich will meinen kleinen Gott!"

Er holte nicht auf. Sie hatten schließlich eine Mission. Sie mussten die richtigen Alten finden. Aber verdammt, dachte Brian, meine Welt hat doch ein paar Rechte, oder? *Wir werden ja sehen.*

Er hob das Paddel wie einen Speer und schleuderte es. Noch bevor seine Schulter zuckte, war ihm klar, wie absurd diese Geste war. Die Jugendlichen waren so weit weg, dass selbst ein Bogenpfeil sie wahrscheinlich nicht erreicht hätte.

Das Paddel platschte im Wasser. Nicht weit entfernt: eine kleine Unendlichkeit. Es schwang im Gleichschritt mit dem Willen des Flusses, das schwere Ende zeigte gehorsam flussabwärts. Es schmiegte sich kameradschaftlich an ein Stück Treibholz mit grauer Oberfläche und lenkte es ab, so dass das Treibholz bald in Brians Reichweite trieb.

Er fing es auf und schleuderte es in Richtung des Paddels, in der Hoffnung, dass es auf die andere Seite fallen und das Paddel in seine Nähe schleudern würde. Es traf nicht ganz, und in seiner seltsam schmerzlosen Notlage war Brian nicht überrascht, sondern beobachtete das graue Treibholz, das neben ihm trieb und schaukelte, mit einer Verärgerung, die zum Teil Freundlichkeit war, denn es erinnerte an das Gesicht eines Musikkritikers, den er in – New Boston, war es das? Denver? London? getroffen hatte. Er konnte sich nicht erinnern.

„Warum", sagte er laut und beobachtete distanziert, wie sein Kanu durch den breiten Morgenschatten des Museums für Menschheitsgeschichte glitt, „scheinbar habe ich dafür gesorgt, dass ich sterbe."

„Mr. Van Anda hat eine umfassende Beherrschung des Instruments und der –" *Sie ätzender Betrüger, spielen Sie Solfeggio auf Ihrer Linotype! Stören Sie mich nicht!* – „und der Literatur bewiesen, die man ohne Übertreibung als jenseits aller Technik bezeichnen könnte. Er ist einer jener seltenen Interpreten, die letzten Endes –"

„Ich kann es nicht schwimmen, weißt du", sagte Brian.

„– sind so tief untergetaucht, haben sich so hingegeben, dass man wirklich sagen könnte, sie seien eins geworden mit –" Der graugesichtige Chip holte auf das Kanu auf und bewegte sich ruhig und gelassen zustimmend auf das offene Meer zu. Und mit einem letzten Rest an Kraft bewegte sich Brian langsam zum Bug des Kanus und sammelte die ganze Kraft seiner Lunge, um den Fluss hinaufzuschreien: „Geht in Frieden!"

Sie konnten ihn nicht gehört haben. Sie waren zu weit weg und ein frischer Morgenwind wehte aus Nordwesten.

www.ingramcontent.com/pod-product-compliance
Lightning Source LLC
LaVergne TN
LVHW041807190726
843493LV00009B/2832